橋本鶏二の百句

写生とは何か

中村雅樹

ふらんす堂

目次

橋本鶏二の百句

間引菜のひろごる籠を浸けにけり

『年輪』
昭和五年

1

昭和五年、名古屋市公会堂に虚子を迎えて「第四回関西俳句大会」が開かれた。鶏二は伊賀上野から、羽織に白足袋の姿で参加。壇上の虚子を最前列から仰いだのである。これが虚子との最初の出逢いであった。翌日、伊勢長島に吟行。虚子をはじめ、前田普羅、池内たけし、鈴木花蓑、高野素十、阿波野青畝らの錚々たるメンバーである。句会は桑名の船津屋で催された。この句は虚子選に入った二句中の一句。鶏二の感激は言うまでもない。間引菜を籠ごと水に浸けた景である。上五・中七の叙法により、緑の広がる印象鮮明な句となった。

馬肥えぬ叩きめぐりて二三人

『年輪』
昭和六年

2

「叩きめぐりて」が上手い。この言葉によって「馬肥えぬ」が実質を伴った言葉として生きてくる。馬を見るだけではない。腹や尻を叩きめぐりながら、その肥え具合を直接手のひらで確かめているのだ。その触感までもが伝わってくる。あるいは短い言葉を交わしながら、相槌をうったり、うなずいたりしているのかもしれない。必要最小限の言葉で、その場の景をありありと描いている。

たふれたる麦の車の輪が廻る

『年輪』
昭和七年

3

「輪が廻る」がこの句の眼目。見た景をそのままぶっきら棒に、必要な量だけ詠むのも鶏二の写生の技である。刈り取られた麦を高く積んだ車が、バランスを崩したのか脱輪をしたのか、倒れてしまったのだ。崩れ散らばった麦の様子ではなく、廻っている車輪に目がいった。この車輪を詠むことによって、勢いよく倒れたことだけでなく、この事態を前にした困惑と徒労感までもが伝わってくるようだ。

花見舟棹よこたへてゆるやかに

『年輪』
昭和十七年

4

同時期の作に〈ふなばたに肱つき仰ぐ山桜〉。今は棹を遣うことはせず、ゆるやかな流れに舟をまかせたまま、桜を仰ぎ存分に味わっているのだ。「よこたへてゆるやかに」と平仮名が続くのも効果的。花見舟とともに、それを包んでいる時間と空間までもが、ゆたかに詠まれている。一読して、広やかな気持ちになる。後年の鶏二には漢字の多用によって、詰屈な印象を与える句が多くなるのだが、この句はそうではない。

うちかへす榾火や客をひきとめて

『年輪』
昭和十八年

5

「榾」は鶏二の好きな季題の一つであった。数多くの句が詠まれている。榾をうち返すという何気ない動作。火の粉があがり、また新たに燃え盛るのであろう。そこに客をひきとめる機微が表れている。動作を表す言葉へと、心の動きを正確に置き換えているようだ。鶏二は高野素十の句を研究していたが、素十の〈大榾をかへせば裏は一面火〉という即物的写生と比較すると、両者の資質の違いのようなものが見えて来て興味深い。

春水にすつぽりうつる藁屋かな

『年輪』
昭和十八年

6

風のない穏やかな日であろう。藁屋の全体が春の水に映り込んでいるのだ。「すつぽり」がよい。藁屋が何ものにも妨げられることなく、春水に迎え入れられたかのように映っている、そのような景。春水の醸し出すあたたかくて柔らかい情感が、効果的に作用を及ぼしている。「藁屋」と「春水」との関係が必然的であるようにさえ、思われてくるのだ。いかにも春らしい農村を詠んだ句。

ふる雪や機械しづかに鉄を切る

『年輪』
昭和十九年

7

戦時中、名古屋市の徴用先で詠まれた句。切っていたのは鉄の棒である。この年の夏には、「汗を流して機械を守りつゞけてをります」という手紙を虚子に出している。「ふる雪」に「機械」という無機質なものが続き、次に「ふる雪」にも関わる「しづかに」という言葉が続く。そして最後に、「機械」の動作としての「鉄を切る」でもって一句が完成。何でもないようでありながら、言葉が精緻に組み立てられている。

榧の実の落ちてはず《ママ》める親しさよ

『年輪』
昭和二十年

8

　昭和十九年の秋、長谷川素逝らと三重県の八知に吟行したときの句。山深い八知村は素逝がしばしば訪れていた、お気に入りの場所であった。そこには、〈椢の実は人なつかしく径に降る〉（素逝）とかつて詠まれたように、大きな椢の木があった。鶏二の句は、この素逝の句に唱和したような趣があって、二人の仲をおのずから彷彿とさせる。素逝は昭和二十一年の秋に亡くなるが、鶏二はその後もこの木を訪ね、懐旧の情に浸っている。ちなみにこの椢の木は、松阪市の橋本石火氏によると、土砂崩れにより流されてしまい、今はもう存在しないとか。

鳥のうちの鷹に生れし汝かな

『年輪』
昭和十九年

9

「ホトトギス」の巻頭句。「鷹の鶏二」の代表句、鷹へのオマージュである。この句は、青山高原に舞う鷹の姿や屏風に描かれている鷹からの連想によってのみ、詠まれたのではない。鶏二の証言によると、戦時中という「緊迫した歴史的背景」や、敵機に突っ込む特攻機という「切迫した心理の背景」があって、初めて詠むことのできた句。「鷹の鶏二」を生み出したのは、まさに戦争という非常時であった。写生の大切さを説いて倦まなかった鶏二であるが、写生以前の時代的・心理的背景が一句の趣向を決定している。

傀儡の歎き伏したる畳かな

『年輪』
昭和二十年

10

鶏二が幼いころ、正月になると傀儡師が家を回って歩いた。傀儡師とは門付けの人形つかいである。母の袖隠れに、こわごわと見ていたらしい。傀儡師が戸口から出て行くと、鶏二は「ああこわかった」と胸をなでおろし、母は「えらい子や、ようしんぼうしたな」と言って笑ったという。この句「歎き伏したる」が的確。鶏二は十七歳のときに母を亡くしているが、傀儡の思い出はこの母の思い出につながる。後には〈母と見し傀儡の欷歔の声いまも〉（『朱』）という句もある。

鷹匠の虚空に据ゑし拳かな

『年輪』
昭和二十一年

11

昭和二十年晩秋、鶏二は京都での句会の後、京饌寮に虚子を訪ねた。手焙の上にかざされている虚子の右手を見て、鶏二は思いがけずそこに大虚子を表現できる「焦点」を発見し、興奮したのである。伊賀に帰って五六日、句作に打ち込んだ結果、生まれたのがこの句。虚子に対する激しい思い込みが、象徴としての「鷹匠」を引き出した。「鷹の鶏二」の句作の秘密の一端が明らかにされた句でもある。ちなみに〈磐石に眦を曳き春の鷹〉(『松囃子』)、この句も虚子の姿を描きたいという衝動から生まれた句。

鶯に名園雪を敷きにけり

『年輪』
昭和二十一年

12

伊賀上野城において、まさにこの目で見、この耳で聞いたという事実に基づいた句、と鶏二は自句自解している。それぞれの言葉が美しく、かえって句になりにくいところを、この事実の強さによって、一句にまとめ上げることができたという。鶏二曰く、「雪にひびく名園の鶯の声は清い」。なお「名園」という言葉を用いた句は他にあるまいと思っていたところ、鷹羽狩行に〈名園の水の上なる松手入〉があった。

顔せにあてて吹くなり獅子の笛

『年輪』
昭和二十一年

新年の獅子舞である。一軒一軒回り、戸口で獅子舞を披露していたのである。傀儡と並んで鶏二の懐かしい思い出の一つ。句会でこの句が回ってきたとき、素逝は鶏二の句とは知らず、隣の鶏二に、「これはいい、巻頭ものだ」と感嘆したという。「顔せにあてて吹く」によって、笛を吹いている様子が具体的に見えてくる。鶏二には〈獅子舞や笛の少年戸に凭れ〉という昭和五年の句もある。

苞の中あめつちくらき棱穂かな

『年輪』
昭和二十一年

14

「接穂」とは接木の際に台木に差し込む枝や芽のこと。春に行われることが多いようであるが、牡丹は九月頃行うのがよいとか。自註によれば、柿の接穂に竹の皮が着せてあったという。接穂が、まさに天と地の力を得て、被せられている苞の中で活着しつつあるのであろう。苞の中という狭い空間でありながら、「あめつちくらき」と大きく表現したところが鶏二らしい。接木を可能にさせる不思議な力が表されているようにも思う。

水馬はじきとばして水堅し

『年輪』
昭和二十一年

15

「水馬」は「みずすまし」と読み、甲虫の「みずすまし」ではなく、「あめんぼう」を意味している。「水堅し」に対して、鶏二によれば、「あめんぼうという少し間伸びのした声調では句の心が消える」のだ。水馬と水との関係が、緊張感とともに厳しく言い留められた一句。なお後に〈水すまし水に跳ねて水鉄の如し〉という村上鬼城の句があったことを知ったという。

火になりし蔓を外して榾燃ゆる

『年輪』
昭和二十二年

16

先行の未発表句〈巻きついてゐる太蔓や榾を焚く〉と比較して、鶏二は次のように述べている。この句は「素材だけを句にしたもの」で、「一応の形はあつても具象としてのはたらきは全然見られません。感じというう《ママ》はたらきが皆無です」。これに対して、掲出句においては、「火になりし蔓を外して」に作者の心が入っており、「感じのはたらき」がある。「感じを具象化することが写生」であった。対象から受け取る「感じ」を、適切な言葉によって具象化することが、鶏二の写生である。

34 ― 35

くろがねの蔓わたりをり露の中

『年輪』
昭和二十二年

17

針金のような枯蔓に露がびっしりと付いているのだ。「わたりをり」という言葉が要石となって、「くろがねの蔓」と「露の中」の言葉をつないだ。省略を効かせた的確な言葉により、日本画の世界をうち開いたような趣がある。滂沱たる露のさまを、「露の中」という単純な言葉によって表しえたことは、鶏二にとって「開眼」ともなった。鶏二はそのように回顧している。

藻を刈ればしきりに雲のうごきけり

『年輪』
昭和二十二年

18

水中に繁茂している藻と上空の雲、そのかたまりは多少は似ているかもしれないが、やはり別物。かけ離れたこの二つを、その藻を刈ることによって結び付けた。とは言え、刈る作業によって、水面に映っている雲が動いた、とわかりやすく理解するのではつまらない。藻刈と雲はまったく無関係であるにもかかわらず、しきりに雲が動いたのである。両者の間に不思議なつながりがあるように思われてくる。

白菊の雲の如くにゆたかなり

『年輪』
昭和二十二年

19

「雲の如くにゆたかなり」という比喩が見事。菊畑であろうか。白といっても一様ではない。日の光の具合で純白に輝く白もあれば、少し灰色がかって見える白もある。少し紅をさしたような白もあるかもしれない。白菊がうねるように、盛り上がり湧き上がるように咲いているのだ。まさに「ゆたかなり」。よい香りであることは言うまでもない。

秋燕の羽をたたみてながれをり

『年輪』
昭和二十二年

「秋燕」は「しゅうえん」と読む。鶏二は「感じたままがそのままに素直に詠めたうれしさ」と述べている。中七・下五に適うのは、「秋燕」であって、「燕」や「夏燕」ではない。前の椙の句と同様に、感じたままが適切な言葉によって具象として詠まれた句。写生句について、「目の効いた句」という言い方がされることが多いが、鶏二の写生句は、目とともに「感じ方」が効いている。

土塊をこえんと蟇や足を上ぐ

『松囃子』
昭和二十二年

21

蟇がおもむろに足を上げている様子が目に浮かぶ。写生句の腕の見せどころは、いかに簡潔かつ臨場感あるように、言葉を配置するかというところにある。「蟇が土塊をこえようとして足を上げている」という事実だけでは詩にならないところを、〈土塊をこえんと上げし蟇の足〉とまず一句に仕立てて主宰誌に発表し、さらに語順を変えることによって、めりはりのある句になった。写生句の一つの技法である。

蔦断《き》つて氷室の扉ひらくなり

『松囃子』
昭和二十二年

「氷室」とは、厳冬期に採った雪や氷を夏まで貯蔵しておく室である。多くの場合、山間に設けられる。蓄えてそのまま放っておくので、それを搬出するころには、蔦が扉にまで伸びているのだ。伸び放題に伸びている蔦を切ったり、雑草を刈ったりしなくてはならない。「蔦断つて」がリアルな表現。現在では製氷工場があり、また冷蔵庫の普及により、「氷室」は特別の用以外には使われなくなってしまった。

火を埋むこころ埋むるごとくせり

『松囃子』
昭和二十三年

23

灰のなかに埋めてある火は、消えているわけではない。見えぬところで赤々と燃えているのだ。ややもするとゆるぎのない堅い言葉を好んだ「鷹の鶏二」ではあったが、猛禽のような猛々しいイメージは、鶏二にはふさわしくない。外見はあくまでも優しい柔和な人であった。しかしその胸中には対象に挑みかかる熱くて激しい俳人魂があったのだ。「こころ埋むる」という表現は、鶏二にふさわしい。

福寿草ひらきてこぼす真砂かな

『松囃子』
昭和二十四年

24

鉢植えの福寿草に、化粧砂として敷いてあった真砂。何かの拍子に蕾の上に乗るか、挟まるかしていたのであろう。蕾が開いたときに、はじめてこぼれていることに気づいたのだ。真砂がこぼれるというのは些細なこと。それだけでは詩にならない。このように詠まれることによって、黄金色の花からこぼれることも、新年にふさわしく目出度くも清らかな出来事のように思われてくる。

50 — 51

存分に遊びし独楽をふところに

『松囃子』
昭和二十三年

25

子どもが独楽で遊んだのである。しかし「存分に遊びし独楽を」と改めて表現されると、あたかも独楽が存分に遊んだかのような気もしてくる。自転する独楽だからこそ、このように受け取ることもあながち不自然ではない。回り疲れ、遊び疲れた独楽が、ふところの中で安らいでいるような印象。独楽の本質に触れている面白い一句である。

土雛のゑ《ママ》ぼしの紐のゆるやかに

『松囃子』
昭和二十三年

鳴海の宇佐美野生宅の句会で詠まれた句。野生は魚目の父である。詠まれている土雛は素焼の雛に絵付けをしたものであって、けっして洗練された精巧なものではない。あるいはその彩色も一部剝げ落ちているかもしれない。型から取り出された人形であるが、太目の紐もしっかりと付いているのだ。「ゆるやかに」という言い方は、その紐の形状だけでなく、素朴な質感までも表しているようだ。

糸かけて待てる機あり卒業す

『松囃子』
昭和二十三年

この句の「卒業」とは中学校のそれであろうか。あるいはより昔の尋常小学校の卒業であろうか。進学することなく、卒業すると直ちに機織りの職につくことになっているのであろう。「待てる機あり」が上手い。少女が健気に働いていたのである。働かざるをえない事情があると思われるのであるが、鶏二は卒業子である少女について何も語らない。ただ事実を投げ出すように詠うのみである。

宿とつてを《ママ》いて外宮の夕桜

『松囃子』
昭和二十三年

虚子は昭和二十三年四月に守武祭で伊勢志摩を訪れた。鶏二も可能なかぎり随行している。そのときの句。伊勢神宮の外宮である。鶏二らが宿に着いたのは夕方。荷物は宿に預け、内宮は明日のこととして、とりあえず外宮だけでも今日の内にということであろうか。あるいはその桜の見事さを人から聞かされ、それではと出掛けたのかもしれない。いずれにしても夕桜が面白く効いている一句。なお「をいて」は正しくは「おいて」。同時期の作に〈夕桜となりゆく旅の十五人〉がある。

師の駕の用意とゝのひ桃の花

『松囃子』
昭和二十三年

29

師とは虚子のこと。虚子は宇治での守武祭に先立ち、志摩半島を巡った。横山の展望台を訪れたときに、〈椅子に竹通して駕や山桜〉（虚子）とあるように、地元の俳人が虚子を急拵えの駕に乗せて運んだのである。桃の花の咲いている暖かな一日。季語が桃の花であることによって、虚子の悠揚迫らぬ姿とともに、駕を担ぐという力仕事にも、どことなくゆとりがあるように感じられる。この旅で虚子は〈海女とても陸こそよけれ桃の花〉と詠んだ。

海胆怒る漆黒の棘ざうと立ち

『松囃子』
昭和二十三年

「ざうと立ち」という客観写生から、海胆が怒っているると見たのは主観的判断。しかし主観的と思われないくらい、この句には事実を沈着に述べているような趣がある。それというのも、客観写生による対象の把握がゆるぎないから。逆に言えば、客観写生が十分にできていなければ、単に主観に流れてしまう句になるのがオチであろう。知多半島で詠まれた句である。

月を見る朱鳥《あすか》に露のさはらずや

『松囃子』
昭和二十三年

野見山朱鳥との交わりは、昭和二十二年の文通から始まったが、鶏二の九州行が具体化したのは翌二十三年の秋。朱鳥とともに直方から都府楼址、熊本、阿蘇山と巡っている。朱鳥にとってはこの旅は初めての俳句旅行であり、大いに期するものがあった。二人は競うようにして、句作に没頭する。朱鳥はすでに病床から離れていたとは言え、無理のきかない体である。朱鳥を気遣う鶏二の一句。鶏二はその後九州に幾度も旅をし、また朱鳥も鶏二の元を何度も訪れた。

手に重し大塊りの石炭は

『松囃子』
昭和二十三年

筑豊炭田で詠まれたもの。何の衒いもなくぶっきら棒に詠まれた句である。たしかにあの黒い石炭であり、しかも大塊りとなれば、「手に重し」と言う他はない。しかし、かりにこの句を〈大塊りの石炭は手に重し〉としてみたら、どうであろうか。「ああ、そうですか」で終わってしまう。事実の単なる報告になってしまうであろう。「手に重し」を上五に置いたことが、この事実を詩へと昇華させた。

大椚の突きはなしたる焔かな

『松囃子』
昭和二十三年

「突きはなしたる」という言い方が、新鮮であり臨場感にあふれる。炎を噴き出しながら、勢いよく燃えている榾を凝視しているうちに、あたかもその榾に意思があるかのように思うに至ったのだ。鷄二の写生句の一つの特徴は、擬人法を上手く使うことによって、その景に生命を吹き込むところにある。先に挙げた〈火になりし蔓を外して榾燃ゆる〉の句についても、同じことが言えよう。

千切れたる焔流るる夜振かな

『松囃子』
昭和二十三年

34

「夜振」とは松明などを灯して浅瀬の川魚をとること。夏の漁法である。わたしの田舎ではカーバイトの灯りを使用し、「夜掬い」と言っていた。川の流れが激しくない、浅いところで魚を掬ったものだ。この句、川面に映っている夜振の炎が、ちぎれながら流れているように見えるのであろう。いつもは灯りを見ることのない暗闇の中にうごく炎を認めて、「あ、夜振の炎だ」と気づいたのだ。郷愁を誘う一句。

仔馬にも少し荷をつけ時鳥

『松囃子』
昭和二十四年

35

時鳥は夏を告げる鳥。初夏の山仕事に向かうのであろうか。親馬には大きな荷物が載せられている。その後ろをついて来る仔馬にも、少し荷が付けられているのだ。嫌がることもなく、むしろ嬉々としているような様子が目に浮かぶ。鶏二は仔馬がお手伝いをしているような、微笑ましさを感じたのであろう。「少し荷をつけ」が、何でもないようで上手い。馬籠で詠まれた句である。

字のそばに鉛筆ころげ夏休

『松囃子』
昭和二十三年

夏休みの宿題であろう。「字のそばに」という言い方が面白い。子どもは勉強にすぐに飽きてしまって、鉛筆をころがしたままどこかに行ってしまったのだ。いかにもありそうなこと。机の上の平凡な日常の景を一句にしてしまうところに、鶏二の目の素早さがうかがえる。もたもたしていると景から新鮮さが失われてしまう。写生には景を把握する目のスピードも必要である。

春山へもたせかけある庭箒

『松囃子』
昭和二十四年

「春山へ」と詠うことによって句になった。庭の端が山に続いているような地形であろうか。この句の面白さは、庭という限られた空間を掃く箒が山へもたせかけてある、という小さな意外性にあるだけではない。明るくて柔らかい春の山であることによって、庭を掃くという日常の行為が、より大きな外の世界へとつながっているような趣がある。広やかな気持ちが生まれてくる。

棹雫かたまりとべり山桜

『松囃子』
昭和二十二年

花見舟であろう。舳先に近く立つ船頭が水棹を舟の右に入れ、それを抜いて大きく回し左に差す。これを繰り返しながら舟が進んでゆくのだ。上五・中七は静かながらも、勢いのある表現となっている。この勢いはおのずから山桜の気韻に通じているようだ。「櫂の雫も花と散る」のは隅田川であるが、この句は山間の少し流れの速い川のように思われる。と書いてはみたが、鶏二の自注によると、この舟は笠置川の柴舟であって、花見舟ではないという。『年輪』には〈柴舟の上り下りや山桜〉の句もある。

うすずみを含みしごとく夜の梅

『松囃子』
昭和二十四年

夜の白梅を詠んだ一句。「うすずみを含みしごとく」という比喩が、白梅の気品によく適っている。「うすずみ」とは色のことだけでないかもしれない。梅の香りにわずかに墨香も混じっているかのような印象を受けるのだ。夜の梅であることによって、かえって白梅の本質が引き出されたように思われる。鶏二の句の特徴の一つとして、比喩の巧みさを指摘することもできるが、この句もそれを示している。

月一つ虚空にとんで簗不漁

『松囃子』
昭和二十三年

直球と思われたボールが、ミットの手前でストンと落ちた。上五・中七の言葉に「簗不漁」を合わせるというのは、思いもよらぬことである。簗の上に魚がとび跳ねるのではなく、月が虚空にとぶというスリリングな発想。空しく水音ばかりしている簗簀が、月光に照らし出されているのであろう。鶏二の好調ぶりを思わせる一句である。ところで虚子はこの句について、「時化の為に簗は不漁」と評している。鶏二から句の成立事情を聞いたのであろうか。

大夏炉樺太航路今は絶え

『松囃子』
昭和二十四年

昭和二十四年、北海道に旅行したときの句。野生も一緒であった。昭和二十年まで、北海道の稚内と樺太の大泊とは船で結ばれていた。稚泊《ちはく》航路である。その大きな波除け桟橋は今でも稚内に残っている。日本の最北端であるから、夏とはいえ気温が低い。詠まれている「夏炉」は、かつて待合室にあったものとしての、鶏二の想像であろうか。あるいは鶏二は今夏炉にあたりながら、樺太へと渡っていった人を思い、往時を偲んでいるのであろうか。

ゆで蟹の足をたたみて新聞に

『松囃子』
昭和二十四年

42

輪郭がはっきりと描かれたスケッチのような句。即興的であるが、ゆるぎがない。「足をたたみて」と見るべきところは、きちんと見ている。汽車の窓から蟹を買った旅人が、食べ残した蟹を新聞に包んだ。北海道旅行中の実景である。どこかの市場で客がゆで蟹を買い求めている、そのような景を想像してもよい。

雌狐の尾が雄狐の首を抱く

『松囃子』
昭和二十四年

雌雄の狐が団子になって寝ている様子であろうか。雌の柔らかくて大きな尾が、雄狐の首あたりにきているのだ。それを鶏二がこの句のように作りあげたのであろう。「多分に創作したもので実際にこの姿態を見たわけではない」、と鶏二。「しかし写生の句である」。実景はともかく、「雌狐」から想像をたくましくすれば、何となく怖い句でもある。色じかけで女に籠絡された男を思ったりする。

磯歎きあのもこのもとなりにけり

『松囃子』
昭和二十四年

44

「磯歎き」の「イソ」とは本来「ウソ（嘯）」であったらしい。くちをつぼめて、強く吹き出す息の意味である。「磯歎き」とは海女が海中から浮上し、息を強くつくこと。そのとき笛のような音がするのである。労働の厳しさと相まって、その音は哀れに聞こえたりもするようだ。鶏二はたびたび伊勢志摩で海女の作業を見ている。「あのもこのもとなりにけり」とあるように、あちらで、またこちらで、磯歎きの笛が聞こえてくるのである。

立上る土用波より鵜現れ

『松囃子』
昭和二十四年

土用波から鵜が現れた、というのが客観的事実。それを鶏二は「立上る土用波より」と言い表す。潜っていた鵜が土用波から姿を現した、そこに鶏二は面白さを感じたからこそ、このように表現できたのだ。「盛る」と言えば言葉が悪いが、眼前の景の「焦点」を際立たせて表現するのも鶏二の写生の一傾向。しばしば強調される「心象の具象化」である。事実以上の事実が示されている。

下ろしたる竹瓮のうへを棹し戻る

『松囃子』
昭和二十四年

「竹瓮」とは川や湖などに沈めて魚を獲る漁具の一種。縄に繋がれた竹瓮を舟から次々と下ろしていき、翌朝それを引き上げるのだ。この句は下ろし終えた竹瓮の上を戻る舟の様子を詠んだもの。と言っても、特別なことが詠まれているのではない。行ったときと同じように、棹を遣って戻ってくるだけのこと。棹の先が竹瓮に当たることもあるのでは、と案じられるが、おそらく杞憂であろう。

ふなばたに前足を掛け狩の犬

『松囃子』
昭和二十四年

47

鴨撃ちであろうか。舟底に横たわっている犬であれば、これほどの句にはならなかった。事実はともかく、「ふなばたに前足を掛け」と言葉を集めたところが、鶏二の技である。狩に逸りつつ舟の行く手に視線を向けている精悍な犬の様子が、ありありと眼前に浮かぶ。臨場感のある句。

阿呆らしき炉咄なれどあはれなり

『松囃子』
昭和二十四年

48

笑いながら聞いていた炉咄も、可哀そうなことと言えば可哀そう。「阿呆らしき炉咄」だけにいっそう「あはれ」を感じるのである。とは言えこの句は、それほど深刻なことを詠んでいるようには思われない。所詮、阿呆らしい話なのであろう。俳句一筋の鶏二ではあるが、世間知らずの高踏的な人ではけっしてない。このような庶民の炉咄にも敏感に反応し、面白がるところがあった。

日輪も朱欒も黄なる国に来し

『山旅波旅』
昭和二十五年

朱鳥を訪ねて二度目の九州旅行。朱鳥と別れた後鶏二は鹿児島を訪れた。当時鶏二は虚子から推薦されて、地元の俳誌「郁子」の選をしていた。その一周年記念大会に招かれたのである。鶏二にとって熊本以南は初めてである。伊賀とはまったく異なった風土、南国にはるばる来たという感慨がよく表れている。この地に対する挨拶句。

湯手拭銀河に掛けて泊りけり

『山旅波旅』
昭和二十五年

七月宇佐美魚目と乗鞍岳に登ったときの句。平湯温泉に泊まったのである。晴れ渡った夜空、手拭を掛けるその頭上に、銀河がくっきりと流れているのだ。山国でなければ見ることのできない銀河である。「銀河に掛けて」という表現に鶏二の昂ぶりと充実がうかがえる。なおこの旅において魚目は鶏二とまったく同じ句を一句詠んだという。ひたすら鶏二に学んでいた魚目にとって、印象的な出来事であった。〈火の山の銀河は髪に觸るるかに〉（魚目）。

乱暴や屛風に机たてかけし

『山旅波旅』
昭和二十五年

立てかけられている座敷机を見て、即興的に詠んだ句であろう。「乱暴や」という言葉に意表を突かれる。屏風に机をたてかけるとは、何を考えているのだろう、という驚きが「乱暴」という言葉になったのであろう。まさに「乱暴」としか言いようがない。鶏二は愚直な写生句ばかりを詠んだのではない。感情を露わにしたスピード感のある句も、鶏二の一面を表している。

行く人に我れも行く人都鳥

『山旅波旅』
昭和二十五年

「行く人」とくれば、「我れはとどまる」となりそうなものであるが、「我れも行く人」と中七をつけた。人はそれぞれ何かを求め、あるいは何かに促され急かされて「行く人」なのだ。何も鶏二は人生について深い思索を巡らしているのではない。都鳥を見て、ふとこのような思いが浮かんだのであろう。「都鳥」というのであるから、「行く人」とは在原業平のことであろうか。その東下りの故事がこの句の背景にあるのかもしれない。なお虚子に〈来る人に我は行く人慈善鍋〉の句がある。

春の水四ッ手のうへをながれけり

『山旅波旅』
昭和二十五年

53

魚を獲るための四手網。魚の姿があるのかないのか、見た目には空しく春の水がゆっくりと流れているばかり。頃合いをみて引き上げるその漁の仕方からしても、四手網漁はのんびりとしている。いかにも長閑な春の景。それにしても一体いつこの網を引き上げるのであろうか。興味津々と眺めている鶏二の姿が目に浮かぶ。

さし入れし手より畦火の上りそめ

『山旅波旅』
昭和二十六年

「さし入れし手より」と、畦焼きという一連の行為の特定の部分を、クローズアップして詠んだ。クローズアップも鶏二の写生の一手法。枯草の中に手を入れて火をつけたのである。その手から火が草に移り、その小さな火がたちまち大きな火となって、畦を焼いてゆくのだ。このように書いていると、畦焼きもドラマチックな出来事のように思われてくる。

陽炎を草のごとくに踏みしだき

『山旅波旅』
昭和二十六年

55

比喩が鮮やか。陽炎を「踏みしだき」と言えば、何か非現実的な印象を受けるのであるが、「草のごとくに」と一言入ることによって、現実的な相貌をも帯びた句になった。陽炎と青草。非現実的でありながら、現実的であるような不思議な趣の句。強引と言えば強引な詠みぶりであるが、不自然には思われない。鶏二はとにかく言葉の使い方が上手いのである。陽炎という存在のありようを衝いた句。

ころがりて魂なき帚花の下

『山旅波旅』
昭和二十六年

56

たしかに帚は使用されているときが、生きて用をなしているときで、ころがっている帚は「魂なき」と表現されても当然であろう。このように自然に思われてくるのも、鶏二の比喩の巧みさである。転がっている場所は「花の下」というから、花屑でも掃いたのであろう。その帚の上に花びらが散りかかるのだ。もちろん、たとえその状態にあるとはいえ、その帚が無用になったわけではない。

114 － 115

春の闇大王岬をつつみけり

『山旅波旅』
昭和二十六年

「大王岬」は志摩市の波切にある岬。少し突き出ただけの小さな岬である。しかし「大王岬」というその字面からしても、またその発音を聞けば、現実はともかく、どっしりとした大きな岬を想像することができる。それを春の闇が包んでいるというのだ。ただ月が出ていないというだけではない。すべてを包み込む春の闇の奥の深さが詠まれている。この岬の沖は航海の難所として聞こえていたという。このこともこの春の闇であればいっそうもっともらしい。

蛸が捲くかひなをあげて鮑海女

『山旅波旅』
昭和二十六年

58

鮑を獲る海女が蛸を摑まえたのだ。それを腕に巻き付かせたまま、海面に浮上してきたのであろう。「かひなをあげて」という表現がその様子を伝えている。思わぬ恵みに少し驚きながらも、その蛸に閉口している表情もうかがえてユーモラスな一句。鶏二は何度も志摩地方に足を運び、海女の作業を見学している。作業の一部始終を見落とすことなく凝視している鶏二だからこそ、このような景にも出会えた。

白墨をもて鉄に字を裸人

『山旅波旅』
昭和二十六年

岡山県玉野市の三井造船所で詠まれたもの。鶏二はこのような殺風景なところにも出向いて句を詠んだ。船に使用する大きな鋼鉄の板に、白墨で何かを書いているのだ。それは作業を指示する記号や文字かもしれないし、用途を示すような文字かもしれない。暑い日である。鉄板も灼けて高温になっている。鉄板に汗を落としながらの作業、戸外の過酷な労働である。労働者は上半身裸なのであろう。

大簗のとどろきに住む山家かな

『山旅波旅』
昭和二十六年

七月、鶏二は朱鳥に招かれ三たび九州へ旅立った。鶏二を追って魚目も九州へ。この句は大分県の山中の大簗を詠んだもの。水量も多く流れも速い。おのずから簗の水音も日夜を通して轟いている。生活全般、何をするにしても、とどろきの中でのこと。「とどろきに住む」という端的な言い方が、その景の核心を衝いている。なおこの旅で魚目は〈空蟬をのせて銀扇くもりけり〉の句を得た。

火を噴きしあと静かなり山の秋

『山旅波旅』
昭和二十六年

七月二十七日に阿蘇の大観峰で詠まれた句である。阿蘇の大景が「静かなり」と抑え気味に写生されている。下五を「山の秋」としたところも上手い。朱鳥も一緒であった。阿蘇登山後、疲れ切って板縁に仰向けに倒れている朱鳥の姿に、同行した魚目は「いのちを削つて詠ふ作家朱鳥のたましひをはつきりと見た」。なお、このとき朱鳥は〈炎天を駆ける天馬に鞍を置け〉と詠み、「異常ならんとする傾向」と朱鳥の句集『天馬』に辛辣な「序」を書いた虚子から、意外にも二重丸をもらっている。これは中杉隆世氏から得た貴重な情報。

芭蕉の葉湖を流れてきたりけり

『山旅波旅』
昭和二十六年

62

芭蕉林のある江津湖での句であろうか。大きな葉が流れると言えば、波多野爽波の〈夜の湖の暗きを流れ桐一葉〉がある。爽波の句は、暗い琵琶湖の中を、行方の定まらないままに、桐の葉が流れるというより、漂っているような感じの句であるが、これに対して鶏二の句は、はっきりと芭蕉の葉が流れてきたのである。大きな芭蕉の葉の緑が鮮明に目に浮かぶ。一体どこから流れてきたのであろうか、という思いも込められているようだ。

大注連は人を刎ねつつ作らるる

『山旅波旅』
昭和二十六年

作業をよく見て詠んだ句である。新藁を綯ってまず細い縄をつくり、それを集めて、より太い注連縄を綯いあげるのである。この句はかなり太い注連縄。その作業の過程で、注連縄の尾に、人が刎ねられるようなこともあるのであろう。人の力で作られつつある大注連であるが、いつのまにか意思をもち、人の力を跳ねのけているかのようでもある。大注連にふさわしい一句となった。

まろまろと打ち上りたる楮かな

『山旅波旅』
昭和二十七年

紙を漉くまでにはいくつかの工程がある。概略を言えば、刈り取った楮を蒸し、皮を剝ぎ、その皮から黒皮を取り除き、それから叩いて繊維をほぐす。程よく叩くには熟練の技が必要らしい。漉き舟で紙を漉くのはその後である。この句は、楮の白い皮が叩かれ砕かれて、餅のように仕上がったところを詠んだもの。上五・中七の表現が巧みである。

狩くらや氷柱をはらふ山刀

『山旅波旅』
昭和二十七年

「狩くら」とは狩場のこと。猟師が身につけるものや携えるものは多くあるが、山刀もその一つ。枝や蔓を払ったりするための必需品である。ところがこの句では氷柱を払ったというのだ。このリアルな表現により、いかにも厳寒期の山深い狩くらであることが想像できる。なお、この句には「狩くら」と「氷柱」という冬の季語が二つあるが、言うまでもなく、一句の季語は「狩くら」である。

その頃の父の零落魍罠

『山旅波旅』
昭和二十七年

66

「年行くにつけて感あり。父逝《ママ》いて三十年」と前書き。鶏二の父、金次郎が亡くなったのは大正十二年であった。小田村から城下へと入ってゆく街道の坂で、「橋源」を営んでいた。鶏二は豪勢な料理旅館のように書いているが、地元の北出楯夫氏によると、実態は飲食店のようなものであったらしい。晩年にはその「橋源」が人手に渡り、苦しい時期もあったようだ。「鼬罠」は、多くの場合、鶏や鯉を狙う鼬を駆除するために使用された。当時の村の生活の一端を伝えている。ちなみに鶏二の母、ちよは、金次郎の死去の三か月前に亡くなっている。

134 — 135

山かへて又遊びけり朴落葉

『山旅波旅』
昭和二十八年

この頃鶏二は、家業の組糸屋の方は妻に任せ、句集名にもあるように、精力的に山へ海へと旅をしている。まさに「山かへて又遊びけり」という状況であった。山を変えたら朴の落葉に出会ったというのではなく、あの山に朴の落葉を見たが、この山でも朴の落葉が、ということであろう。「又遊びけり」とあるが、この句からは浮き立つような心は感じられない。むしろ朴の落葉に慰められているかのような「すさび」を感じる。鶏二には〈朴落葉みちたがへしにあらざるや〉（『松囃子』）の句もある。

どこやらの釘が抜けたる炬燵かな

『朱』
昭和二十九年

炬燵のやぐらが、ぐらぐらしている。使っているうちに、どこかの釘が緩んで抜けたに違いない。今は面倒くさいのでそのまま放っておくにしても、いずれ直さないといけない。このように思い巡らしながら、そのまま炬燵に当たっているのであろう。ものぐさと言わないで、ゆとりと言いたい。俳句に詠まれると、少し困ったことであっても、一歩退いてみるというゆとりが感じられるのだ。ユーモラスな句。

大濤のくづれて海女の流れ出づ

『朱』
昭和二十九年

三重県の浜島で詠まれた。志摩地方は鶏二がたびたび吟行で訪れた場所。後には「年輪」の創刊記念の写生大会も、第一回の鍛錬会も、この志摩で開催されている。崩れた大波の中から海女が現れ出たのであるが、それを「流れ出づ」と臨場感あふれる言葉で言い留めた。先に〈立上る土用波より鵜現れ〉(『松囃子』)の句をとり上げたが、その句にくらべて、言葉の使い方がいっそう大胆で迫力がある。鶏二の気力がみなぎっている。

箱橇の荷についてゆく別れかな

『朱』
昭和三十年

映画の別れのシーンのような句。家族との別れであろうか。滞在先の宿の人との別れであろうか。どのようなシチュエーションを思い描くかによって、この句の鑑賞も異なってくる。荷物が大きいのか、多いのか、それを箱橇に載せて、人はその後ろを歩いているのだ。荷物を載せた箱橇についてゆくという、雪国であればこその心にしみる別れの景である。

鉄棒をもてすつぽんを掘りおこす

『朱』
昭和三十年

「すっぽん」は冬場が旬で、すっぽん鍋にして食べる。この時期、養殖であればいざ知らず、自然界のすっぽんは冬眠中。したがって泥の中から掘り起こすこととなる。鉄棒を使用するというのであるから、かなり大きなすっぽんであろう。掘り起こすという動作も面白いが、「すっぽん」という言葉もこの句に面白さを添えている。鶏二はこの現場に行き合わせたのであろうか、人づてに聞いたのであろうか。これは句になると鶏二の俳人魂が喜んだに違いない。

ナイフより刃をひきおこし梨をむく

『朱』
昭和三十年

72

「名古屋市西区葭原町を仮居としてさだむ」と前書き。鶏二の俳句活動の拠点はもともと伊賀上野にあった。ところが昭和二十四年、加藤霞村の「牡丹」を、霞村の没後受け継ぎ、新たに「雪」を創刊したことにより、名古屋の方に活動の重心が移った。ついには名古屋市に起居することになったのである。刃をひき起こし梨を剝くという行為は、新たな生活がここから始まるという感慨を意味しているだけではない。いよいよ俳句もこれからだという決意と、静かな闘志を感じることができる。

どんたくははやしながらにあるくなり

『朱』
昭和三十一年

五月、朱鳥を訪ねて九州へ。博多でどんたくを見た。練り歩くどんたくの様子をそのまま詠んでいる。と言えば簡単な句作に見えるが、簡単と思わせるのも熟練の技があってこそ。どんたくの写生というより、どんたくとはこのようなもの、というその本質を投げ出しているような句。この句のように、鶏二には一見力を抜いたように見える写生句もある。平仮名が多いことも、そのように思う一因であろう。

榾尻をすすめしあとが灰にあり

『朱』
昭和三十一年

74

十月、朱鳥らと飛弾の白川郷を訪ねたときの句。榾は鶏二にとって詠みなれた句材である。榾の句が多く残されている。この句はいわゆる写生の目が効いた句。先から燃えてゆくことで榾木が短くなり、その尻を囲炉裏の中心の方へと押したのである。その跡が灰に残っているというのだ。たとえそれを見たとしても、「榾尻をすすめしあと」という的確な表現には、なかなか至らないものである。

焼藷の皮しなしなとたたみけり

『朱』
昭和三十二年

鶏二の目はこのようなところにも注がれる。焼藷の皮をそのままにしないで、たたむというのは、ちょっとしたマナーのようなものか。気やすく焼藷を食べるのにそこまで行儀よくしなくても、という気持ちが含まれているようだが、もちろん非難しているわけではない。「しなしなと」という表現も、その皮の様子をよく見ていないと生まれてこないだろう。油断のならない鶏二である。

傀儡の目出度目出度と舌を出す

『朱』
昭和三十二年

〈傀儡の歎き伏したる畳かな〉の句についてはすでに取り挙げられた。一方、この句は傀儡の動きを事実として、そのままを報告しているかのように思われるのであるが、実はそうではない。その事実を「目出度目出度と舌を出す」と即物的に表現したところに鶏二の写生がある。舌を出す行為は、ふつうは目出度いこととは考えられないであろう。傀儡だからこそこの行為が目出度いものとなるのだ。そこに面白さが生まれる。

大伽藍菜殻焼く火にひびきつつ

『朱』

昭和三十二年

鶏二に菜殻火を見せたい、と朱鳥はかねてより言っていたが、実現したのは昭和三十二年六月である。朱鳥とともに、八日・九日と二日にわたって菜殻火を見ることができた。この句は都府楼址より見たもの。「年輪」が創刊された年であり、鶏二の気力が充実していた。燃え上がる菜殻火に触発されたのであろう。鶏二の興奮ぶりが伝わってくる。他に〈菜殻燃ゆ炎鳴りの中に村はあり〉。

鶴のこゑ空のまほらにひびくなり

『朱』
昭和三十二年

鹿児島県出水で鶴を見たときの句。「まほら」とは本来「すぐれたよい所」を意味する言葉であるが、この句においては、大木や岩にできたうつろな穴である「ほら」に、「完全である、すぐれている、美しい」を意味する接頭語「ま」が付いたものと考えたい。空を大きな美しい「ほら」と見ているのだ。鶴唳が響きわたるのは、この空であって、地上ではない。

俳諧の防人として草を焼く

『朱』
昭和三十三年

昭和三十二年一月に「年輪」を創刊、十二月には、爽波、朱鳥、福田蓼汀とともに、「四誌連合会」を結成。「俳諧の防人」として、伝統俳句のために最前線で戦うという気概を込めた句であろう。充実した作句の日々があればこその感慨。しかしだからと言って、気負って何か特別なことをするというのではない。草を焼くという平凡な行為があるばかり。俳句の戦場はまさにこの日常にあるのだ。

とどまればさらにきよらか狩の犬

『花袱紗』
昭和三十四年

80

長野県上松で開かれた「年輪」の鍛錬会で詠まれた。当時の鍛錬会は、二泊三日で十句出句の句会が七回開かれるという、実作中心の厳しいものであった。句会の連続に「飯を食う時間がない」こともあった。のちに爽波は、鍛錬会という名の句会はたくさんあるが、最もそれにふさわしいのは「年輪」の鍛錬会であると述べたのである。さてこの句、感覚の研ぎすまされた精悍な猟犬の姿が「きよらか」と詠まれている。「とどまればさらにきよらか」と、鶏二の心の入った一句。

海女を見て御ン手をとりしことなども

『花袱紗』
昭和三十四年

81

「高浜虚子先生の御逝去を悲しむ」と前書き。鶏二は虚子の昭和二十三年の伊勢志摩の旅に随行していた。同じ船上から海女の作業を見学したりもした。船に乗り降りする際に、虚子の手をとったりもしたのであろう。「御ン手をとりしことなども」と、そのときの虚子の手の肌触りや温もりなどを思い起こしているのだ。鞠躬如とした鶏二の姿を思い浮かべることもできる。

手をあげて蟻沈没す蟻地獄

『花袱紗』
昭和三十四年

82

蟻が両手をあげて砂の中に沈没してゆく様子。蟻の「手」というのもおかしいが、「沈没す」という大げさな言い方も愉快である。砂の中に次第に姿を消してゆくことは、まさに「沈没」。蟻地獄に落ちてゆく蟻の様子を拡大し、少し擬人化し、コミカルに表現した。蟻の無音の叫び声までも聞こえてきそうな句。生真面目な句の中に、このような句が交じっていることも、鶏二の一面を表している。

166 ― 167

わが命つつみてゆるる家桜

『花袱紗』
昭和三十五年

83

鶏二は一月に吐血、一時は危篤状態に陥ったらしい。三月に胃潰瘍の手術を受けた。退院後名古屋の葭原町の自宅で療養、そのときに詠まれたもの。無事手術を終え、この命を辛くも保つことができたという安堵感にあふれている。それを命が家桜に包まれ、あたかも守られているかのように表現した。桜に命をゆだねているような趣もある。「家桜」が効いている。その後、四月八日の虚子忌には、〈命ありてひとり修する虚子忌かな〉と詠んでいる。

手をついてふと身をうかせ炉によりぬ

『鳥欅』
昭和三十七年

何げない体の動きを的確に描写した句。茶席での洗練された一動作のようにも思われるが、気を遣わなくてもよい囲炉裏端での一景と考えた方が面白いのでは。その場に十分に慣れていない客が、もっと火の近くへと声を掛けられ、遠慮ぎみに上品に振舞ったのであろう、と想像した。「ふと」がその人の身についた身のこなしを表しているようだ。人の体の動きを舐め回すように見ている鶏二の眼を感じる。

登山馬老いて鴉の飛ぶままに

『鳥襷』
昭和三十九年

伊豆大島での作。重い荷物や人を載せて、ただ黙々と登る登山馬。火山であるから足元が悪く、老いた馬であれば、いっそう難儀なことである。その上を鴉が馬や人を怖れることもなく、無遠慮に飛んでいるのであろう。また鳴いたりもしているのかもしれない。いかにも馬は鴉から軽んじられているようだ。哀れな登山馬である。

太箸を洗ひざらしてつかひけり

『汝鷹』
昭和四十一年

86

「太箸」とは新年の食膳に用いる白木の太い箸。多くは柳を削って作る。「洗ひざらして」がこの句の眼目である。洗うときの音までもが聞こえてくるようだ。洗いざらす度に、ま新しい白木に戻るかのような太箸である。いかにも新年にふさわしい一句。鶏二の家庭のことはわからぬが、大きな歳時記を読むと、東京では十五日の粥または、十八日の残り粥を食べるまで太箸を用いたという。

174 — 175

夜神楽は畳に酒を打ちて舞ふ

『汝鷹』
昭和四十一年

八月、鶏二は山陰に旅行、江津市で石見神楽を見た。神楽はもともとは由緒ある神事であるが、村人の娯楽として、中国地方においても広く演じられていた。民家の襖を取り払い、酒を飲みながら、夜通し神楽を楽しんだのである。「畳に酒を打ちて舞ふ」とあるように、演じる方も酒で勢いをつけ、八岐大蛇を相手に剣を振り回したりしたものだ。賑やかで猥雑な一夜の楽しみであった。

雪ふるや画集血の香の磔刑図

『二つを一つのごとく』
昭和四十三年

鶏二は磔刑図を好んだ。後には古稀の自祝として、わざわざ画家に磔刑図の注文を出している。岩波書店から出た『ジョルジュ・ルオー　受難　パッシオン』を気に入り、手元に置いてもいた。「パッシオン」とは「受難」「苦しみ」であるが、同時に「情熱」という意味もある。つまり、鶏二にとって「パッシオン」とは俳句そのものであった。俳句への情熱と一句を授かる喜びは、あえて求める受難、痛苦と一体であった。俳句に殉じるという気持ちもあったのかもしれない。

白桃を二つ一つの如く置く

『二つを一つのごとく』
昭和四十三年

89

　第八句集の句集名となった句。鶏二によれば、二つを一つの如くすることは、激しい衝撃を伴うことであるが、それは元来俳句そのものの文学的な本質に通うことでもあった。この句は「一つの如く」と詠んでいるわけで、一つになったのではない。鶏二はそこに白桃のみずみずしい豊満さへの未練があると述べている。それを「柔和美」として表そうとしたのがこの句。セクシュアルなイメージを醸し出す句でもある。

裾ふれし炭斗のふと廻りけり

『二つを一つのごとく』
昭和四十四年

炭斗にもいろいろあるようだが、裾が触れて回ったということから、柄のついた十能のようなものを想像した。茶道具の炭斗ではないように思う。先ほどの〈手をついてふと身をうかせ炉によりぬ〉の「ふと」と同様に、この言葉一つを入れることによって、一句に命が宿った。「ふと」には「何かの拍子に」「急に思いついて」という意味がある。この句の場合、裾がふれたことが機縁となって、炭斗にわずかな意思があるかのように、急に思いついたように廻ったのである。

狐の皮干すや長き尾板裏へ

『二つを一つのごとく』
昭和四十五年

岐阜県の鵜沼で詠まれた句である。板に逆さに張り付けて干してある狐の皮であるが、尾は長いので板の裏へと回して釘で留めてあるのであろう。即物的な句であるから、この景を見れば誰でもこのように詠めるかと言えば、そうではない。言葉によって表現されてはじめてその景となる。「長き尾板裏へ」というのは、そのようにして、いわば再発見されたのだ。写生とは言葉による景の再発見であると言えるかもしれない。

狐の子蕁の花をひきずりて

『二つを一つのごとく』
昭和四十五年

蓴菜は赤褐色の小さな花をつける。水辺で遊んだのであろうか、何の拍子か、子狐が蓴菜を長く引きずっていたのであろう。そこに花がついていたのだ。地味な花ではあるが、それがあることによって、一句に「焦点」が生まれた。眼前の景のどこに「焦点」を見出すか、写生句が成功するか否かは、ここにかかっている。同時期の作に〈狐母子手をとりあひて耳四つ〉があるので、親子の狐がじゃれ合っていたのかもしれない。微笑ましい句である。

いま落ちし氷柱が海に透けてをり

『鷹の胸』
昭和四十六年

越前海岸で詠まれた。断崖から落ちたばかりの、折れ口のはっきりとした氷柱。海の色に透けているのであるが、もちろん海と一つになっているのではない。氷柱の存在を保ちながら海に透けているのだ。その氷柱の透明度が、おのずからその硬さを表している。海に浮かぶ氷柱の存在感が、はっきりと詠まれている句。厳冬の景である。

榾積むやいちばん下は土に直《ぢ》か

『鷹の胸』
昭和四十六年

94

榾木が積まれている。ふつうであれば、積まれている榾木の上の方に目が行きがち。ところがこの句は一番下に注目した。一番下の榾は土に直接置いてあるというのだ。土の湿りが榾にとってはよくないように思われるのであるが、また何らかの工夫がありそうなものだが、それがなされていない。このような些細なことを詠んで、一体何が面白いのか、と思う人は、所詮俳句に縁のない人であろう。「土に直《ぢ》か」が一つの小さな発見である。

冬日太し空より太く来しままに

『鷹の胸』
昭和四十七年

冬の日差しを太いと感じたのだ。その無造作な感覚が面白い。しかも「空より太く来しままに」と言葉を放り出した。「宇宙の感を大きく絞りあげて、日輪から人間への距離の広大さを詠んだ」とは、鶏二の自讃である。放胆な句。春の日差し、夏の日差しと置き換えて考えながら、「太し」という言葉をつけて、最も面白く詩的に感じるのは、やはり「冬日」であろう。その「太さ」は、冬という季節の深さとどこかで関わっているのかもしれない。鶏二は冬が好きであった。

古き城ありて村ある夏野かな

『鷹の胸』
昭和四十七年

三週間のヨーロッパ旅行中に詠まれた。村の小高いところに古い城があり、その下に村人の家がかたまっているのであろうか。その周囲はなだらかな起伏のある牧草地、と想像した。かつてわたしが訪れたことのある、オーストリアの村を思い出したからである。今はのどかなその村も、十七世紀には東からのオスマン帝国の侵攻により、人も家畜も甚大な害を被ったという。この句「夏野かな」と穏やかに詠まれているが、あるいは凄惨な歴史が秘められているのかもしれない。

鷹匠の指さしこみし鷹の胸

『鷹の胸』
昭和四十七年

鷹匠の拳に鷹が止まっている写真はよく見かけるが、鷹の胸に指を差し込んでいるところは見たことがない。「ししあて」と言って、親指とひとさし指を胸に入れ、肉の付き具合を測るのだそうだ。鷹の健康管理の一つである。鷹匠と鷹との間に信頼関係があってこそできることである。この句は鷹匠の丹羽有得翁を訪ねたおりの句。かつて虚子の姿から鷹匠を連想した鶏二のことである。虚子と鶏二との関係をこの句に読み込むことも、まったく不可能ではあるまい。

ぬかるみに炎の根ある焚火かな

『鷹の胸』
昭和四十八年

98

ぬかるんでいるところで火を焚いている、というただそれだけのこと。それを焚火の炎の根がぬかるみにあると表現した。「炎の根」が鶏二一流の言葉。写生というのは、その景にふさわしい言葉を探すことである、と言えるかもしれない。それは実景を作者の視点から再構成することであるが、その視点には作者の感じ方が含まれている。鶏二の写生句が立像のように立ち上がってくるのは、このような再構成された言葉の力によるところが大きい。

198 ― 199

この冬木虚子この冬木素逝かな

『聖顔』
昭和五十一年

夏木ではなく冬木に喩えているところに、この二人に対する鶏二の思いがある。冬木は厳しさの象徴であり、春を待ちながら耐えている忍耐の象徴でもある。虚子は鶏二にとって俳句の師であるだけでなく、人生の師でもあった。虚子の痛棒は鶏二にとって生き方を正す痛棒でもあった。素逝は自らの命よりも俳句を優先し、俳句に殉じた若き殉教者であった。かつて鶏二は、「虚子先生へ帰依し、精進し、素逝先生の遺志の名の下に於て生涯を捧げようとしてをります」と書いている。要するに鶏二は冬木に励まされているのだ。

露一つよりはじまりて五十鈴川

『聖顔』
昭和五十一年

伊勢神宮の神域を流れる五十鈴川。宇治橋を渡って神前へと進む途中、この川で身を清めるのだ。言うまでもなく、伊勢神宮は天照大神を祀る皇室の宗廟。この清らかな川も一粒の露から始まったと詠いながら、鶏二にはわが国の悠久の歴史も皇祖から、という思いがあったのかもしれない。露の玉一つが五十鈴になったところに、弥栄を感じることもできる。

写生とは何か　――橋本鶏二の場合――

1

鶏二の写生の特徴について述べたいと思います。

鶏二は「花鳥諷詠の真の意義は、具象化されたる心象の表白にある」と言っています。つまり、写生とは、写生すべき対象にかかわる「心象の表白」なのですが、その心象が「具象化」されていなくてはならない、というのです。言い換えれば写生とは、「具象化された心象」を言葉でもって表白する、その表白の仕方なのです。

対象を絵具と筆で写すのが絵画における写生で、これに対して俳句では対象を言葉でもって写すと考えられています。対象と描かれた絵は、ともに視覚による情報としてわたしたちにもたらされます。そこで、両者を同次元で比較して、似ているとか似ていないとか、写生ができているとかできていないとか、言われたりもするのです。

ところが俳句の場合は異なります。視覚や聴覚によって得られた情報を、言葉を使用して五・七・五にまとめるのです。しかもこれらの情報は単なる感覚として与えられているのではありません。感覚的世界は、すでに言葉とともに、言葉として与えられています。それは輪郭の明瞭な言葉であることもありますし、曖昧なままの言葉であることもあります。俳句の「写生」において、わたしが写しているのは、すでに言葉として与えられている、これらの情報に他なりません。

もうすこし丁寧に述べてみましょう。感覚的情報であっても、すべての人が同じ情報を得ているのではありません。そこには人それぞれの言葉が付着しており、「生」が反映しています。吟行である景に出会ったとき、わたしは何かを感じます。それは「これは面白い」「これは俳句になるのではないか」という感じでもあります。もやもやとした言葉とともに、その何かは与えられています。それにわたしは近づこうとし、その何かを言葉によって明確に表そうとするのです。俳句とはその何かを確かなものとして摑むために、すでに言葉とともに現れているこの情報を、さらに言葉を用いて彫琢していく一つの営みと言えるでしょう。したがって「写生」は、わたしたちの外部に存在している「対象」自体を、写しているのではありません。わたしの「生」を写しているのです。「写生」という同じ言葉が用いられるにしても、絵画と俳句とを類比的に考えるのは、かなり問題であろうと思います。

2

さて、鶏二は「俳句は言葉による彫刻である」とも述べています。「具象化された心象」はわたしの外部にあるものではなく、「心象」としてわたしの内部にあります。それは視覚の対象である映像としてのみあるのではなく、言葉とともにあります。「具象化された」とはいえ、その言葉はまだ十分に具象化されていない、まだもやもやとした不確定なものにとどまっています。鶏二の「写生」はこの「具象化された心象」を、いわば言葉によって確定する作業なのです。すでに言葉として現れている具象を、さらに言葉という鑿を用いて、より真実らしく彫り上げるのが鶏二の写生であると言えるでしょう。「写生」は対象とわたしとの間の関係ではなく、どこまでもわたしの言語空間における営みなのです。

具体的に句を挙げて述べたいと思います。

秋燕の羽をたたみてながれをり
くろがねの蔓わたりをり露の中
火になりし蔓を外して榾燃ゆる

最初の句について説明します。秋の燕が羽をたたんだような姿で、あたかも流れるように飛んでいる、という景（それはすでにこのように言葉として表現されています）を、どのように五・七・五にまとめるか、これが作句の問題となります。言葉として立ち現れているこの景は、すでにわたしの「心象の表白」に他なりません。ただこの心象は散文の状態にとどまっていて、鶏二が見出した景のポイントが、まだ十分に具象化されていません。生き生きとした景として、あたかも眼前に見えてくるようにはなっていません。事実を述べた一塊の言葉としてあるものを、詩へと質的に転換させるのです。ある言葉を削り、別の言葉に置き換え、語順を変え、等々、これらはすべて言葉による言葉の改変に他なりません。つまり言葉を鑿として使っているのです。それは景の再構成であり、ある意味では景の抽象化とも言えるでしょう。

この句の場合、秋燕という心象の本質だけを残すように彫りあげてあります。すぼめている羽の様子を、現実には畳んでいなくても、「羽をたたみて」と言い表し、飛んでいる様子を「ながれをり」と言い切りました。これが鶏二の感じ取った「秋燕（しゅうえん）」なのです。「燕」でも「夏燕」でもない、「秋燕」の本質はここにあるというのです。秋の燕とはこういうものなのです。少ない言葉で具象をより具象化することによって、かえって具象化は抽象化に転じます。こうしてこの句は、言葉による具象化の確定であり、また秋燕という季題の本質を、鶏二なりに抽象したものでもあるのです。ちなみにこの句について鶏二は、「感じたままがそのままに素直に詠めたうれしさ」と言っています。

「くろがねの蔓わたりをり」、「火になりし蔓を外して」、これらの景も、当初からこのような景が鶏二の外部に客観的対象として存在していたのではありません。言葉を用いて心象をこのように具象化したことによって、この具象があたかも外部にそのままあるかのような景として確定したのです。このようにして、すぐれた写生俳句は、外部の景を作り出してしまうと言えるかもしれません。

「くろがねの蔓」の句について、虚子は「鉄腕一打。自然従順」と簡潔に評しました。石を割るときにその目を読んで鑿を打ち込むように、鶏二が感じ取った「露」の本質を露わとするために、「くろがねの蔓わたりをり」と言葉の鑿を振るったのです。自然は鶏二の意のままにその本質を明らかにしたと言えるでしょう。そこに無理がありません。あるいは鶏二の意に従って、自然は従順に自然として作り出されたのだ、とも言えそうです。

3

いったん生まれた具象としての心象を言葉によってより確かな具象へと彫り上

げる、これが鶏二の写生ですから、写生はどこまでも言語を用いた主体的な営みとなります。それはややもすると鶏二の切迫感や激情に裏打ちされた句ともなります。

鳥のうちの鷹に生れし汝かな

鷹匠の虚空に据ゑし拳かな

「鷹の鶏二」を代表する句ですが、これらの句は、多くの人が考えるようないわゆる客観写生句ではありません。鶏二の証言によると、最初の句は伊賀の高原で上空を舞う鷹を見て詠まれました。それも戦時中の「緊迫した歴史的背景」や「特攻機が火を噴いて敵機に突込んでいくと言つたそんな切迫した心理の背景」があったからこそ生まれた句なのです。鶏二は朱鳥に言っています。この句は「戦争中に生きてゐる気持といふか、そのやうなものが内在して生れたやうな気がする」と。上空を舞っている鷹の姿だけでなく、鷹にまつわる多くの情報が鶏二の胸にすでにあったことは当然ですが、それらが緊迫したこの非常時に出合うことによって、一挙にこの一句へと結晶したのです。このように考えると、この鷹は、地上の悲惨を超然として見下ろしているかのような、超越的存在としての鷹とも思われます。またこの句は戦時下の鶏二みずからを鼓舞しているようでもあり、さらに想像をたくましくすると、特攻機の体当たりを称えているかのようなニュアンスさえも生まれてきます。

また後者の句について、鶏二は次のように述べています。昭和二十年、鶏二は京都での句会が果てたあと京饌寮に虚子を訪ねました。京饌寮というのは「ホトトギス」の俳人である田畑比古が経営していた料理屋です。手焙の上にかざされている虚子の右手を見て、鶏二の胸は高鳴りました。明治、大正、昭和と三代の俳壇は、他ならぬこの虚子の掌上にひろげられたのだと直観したのです。大虚子を表現できる「焦点」を発見し、「ほとんど無意識に手焙の上で遊んでゐる手が、大虚子先生の御姿の象徴なのだ」と興奮したのです。伊賀に帰って五六日、この思いを言葉で表現するために、必死になって句作に打ち込みました。そして生まれたのがこの句なのです。鷹匠の姿を写生したのではありません。鶏二みずからの心を写生したのです。虚子に対する激しい思い込みが、象徴としての「鷹匠」を引き出したと言えるでしょう。

4

「一口にて申せば『鶏二は作者である。』といふに尽きるかと存候」。虚子は『年輪』の序にこのように書きました。これはもちろん鶏二に対する讃辞なのですが、「作者」という言い方に虚子の微妙な心持をうかがうこともできます。虚子の唱える客観写生からの逸脱を、さらには主観的な作為があることを、暗に指摘しているようにも感じられます。事実、当時の「ホトトギス」には鶏二の見事な俳句に、「こけおどし」や「身振り」を感じる俳人もいたようです。しかしそのように述べた虚子の真意は何であれ、まさに「鶏二は作者である」と言う他はありません。写生とは言葉を鏨として、一塊の言葉を詩として作り出す営みなのですから。

初句索引

＊現代仮名遣いにもとづいて並べています。

著者略歴

中村雅樹（なかむら・まさき）

昭和23年、広島県生まれ。昭和62年、宇佐美魚目に師事、「晨」に入会。平成2年、「晨」同人。平成11年、大串章に師事、「百鳥」入会。平成12年、「百鳥賞」、「百鳥」同人。平成16年、「鳳声賞」（百鳥同人賞）。平成20年、『俳人　宇佐美魚目』（本阿弥書店）にて第9回山本健吉文学賞（評論部門）受賞。平成24年、『俳人　橋本鶏二』（本阿弥書店）にて第27回俳人協会評論賞受賞。平成30年、「百鳥」退会。令和元年、「晨」代表となる。
句集に平成9年『果断』（花神社）、平成19年『解纜』（花神社）。評論として平成29年『ホトトギスの俳人たち』（本阿弥書店）。共編として平成25年、『魚目句集』（青磁社）などがある。

「晨」代表。公益社団法人俳人協会評議員。日本文藝家協会会員。

現住所　〒470-0117　愛知県日進市藤塚6-52

発行　二〇二〇年八月一〇日　初版発行
著者　中村雅樹© Masaki Nakamura
発行人　山岡喜美子
発行所　ふらんす堂
〒182-0002　東京都調布市仙川町一―一五―三八―2F
TEL（〇三）三三二六―九〇六一　FAX（〇三）三三二六―六九一九
URL http://furansudo.com/　E-mail info@furansudo.com

橋本鶏二の百句

振替　〇〇一七〇―一―一八四一七三
装丁　和兎
印刷所　日本ハイコム㈱
製本所　三修紙工㈱
定価＝本体一五〇〇円＋税
ISBN978-4-7814-1281-8　C0095 ¥1500E